LE
PRINCE IMPERIAL

ET

LA PAIX

POESIE HONORÉE D'UNE MEDAILLE D'OR

DE LA PART DE S. M. L'EMPEREUR

suivie de

LA RECONNAISSANCE ou L'EMPEREUR AU MILIEU DES INONDÉS

PAR

M. ARBOUSSE-BASTIDE

Pasteur

NIMES	PARIS
CHEZ PEYROT-TINEL, LIBRAIRE	CHEZ GARNIER FRÈRES, LIBRAIRES
Boulevart de la Comédie	6, rue des Saints-Pères

1856

LE

PRINCE IMPÉRIAL

ET LA PAIX.

Nimes, Imp. Baldy et Roger, rue Sainte-Ursule,
vis-à-vis l'entrée des Arènes.

LE
PRINCE IMPÉRIAL

ET

LA PAIX

POESIE HONORÉE D'UNE MÉDAILLE D'OR

DE LA PART DE

S. M. L'EMPEREUR

suivie de

LA RECONNAISSANCE

OU

L'EMPEREUR AU MILIEU DES INONDÉS

par

M. ARBOUSSE-BASTIDE, Pr

<table>
<tr><td>NIMES</td><td>PARIS</td></tr>
<tr><td>CHEZ PEYROT-TINEL, LIBRAIRE,</td><td>CHEZ GARNIER FRÈRES, LIBRAIRES,</td></tr>
<tr><td>Boulevart de la Comédie.</td><td>6, rue des Saints-Pères.</td></tr>
</table>

—

1856

LE
PRINCE IMPÉRIAL

ET

LA PAIX.

Pacatumque reget patriis virtutibus orbem.

VIRG.

I

Auguste, un jour ferma les portes de la guerre ;
Dieu, dans un coin du Ciel, déposa son tonnerre ;
L'azur se déchargea d'un nuage étouffant ;
Un sourire divin se posa sur le monde.
— C'est qu'aux bords du Jourdain, d'une Vierge féconde,
        Il venait de naître un Enfant !

Près du berceau royal des rois se prosternèrent ;
Sur le berceau divin des anges s'inclinèrent ;
Et le Ciel, pour le voir, roula son voile épais ;
Les anges saluaient la terre encor bénie ,
Et jusqu'aux Cieux des cieux monta cette harmonie :
      « Il est le Prince de la Paix ! »

— Près d'un autre berceau, l'espoir d'un grand empire,
Le monde haletant se rassied et respire :
Auguste ferme encor l'arène des combats ;
Le Ciel rit à l'Enfant qui sourit sur sa couche,
Et la Paix, le sacrant d'un baiser sur sa bouche,
      Le montre au monde sur ses bras.

— « Vous serez mien , dit-elle, ô Prince héréditaire ,
Sur d'assez beaux monceaux de gloire militaire ,
Votre aïeul, votre père, ont fondé ce berceau ;
Votre aïeul s'était fait son trône de vingt trônes ;
Votre aïeul se jouait des royales couronnes
      Comme l'enfant de son cerceau ;

» Votre père a montré, que du chef de sa race
Il savait retrouver la lumineuse trace,
Soutenir son épée et son sceptre et son nom.
Mais assez de combats, assez de funérailles,
Sébastopol rasé clot l'ère des batailles :
      La Paix veut son Napoléon.

» Vous, mon fils adoptif, né dans des temps prospères,
Héritier du repos que vous ont fait vos pères ;

Vous répandrez, non pas du sang, mais des bienfaits ;
Votre sublime aïeul fut l'homme de la guerre,
Moi, de son petit-fils, il me plaira de faire
          Le Napoléon de la Paix ! »

— Ainsi parla la Paix. Le monde fit silence ;
Plus douce que le miel coula son éloquence ;
Si douce était sa voix, si doux était son cœur,
Si belle la beauté du bienfaisant génie,
Que tous en la voyant, croyant voir *Eugénie*,
          Se prirent au charme vainqueur.

II

          Pour accomplir la prophétie,
          Courbant le front de la Russie,
          Convoquant l'Europe et l'Asie
          Près d'un enfant qui vagissait,
          La douce Paix dompte la guerre,
          Et la voix d'un Enfant fait taire
          La voix grondante du tonnerre
          Qui bondissait et rugissait.

          Oui, le Prince à peine respire,
          Que ce fils qui venait de dire :
          « C'est un héritier de l'empire ! »
          Du dôme du même palais

Court finir sa phrase imparfaite,
Et d'un monde à l'autre il répète :
« Le Prince est né ! la paix est faite !
» Ce Prince est Prince de la paix. »

La double et magique nouvelle
S'attache au fer qui la recèle,
Avec l'électrique étincelle
Elle bondit par l'univers :
Le printemps a repris ses charmes,
La mère oublié ses alarmes ;
L'amante a souri dans ses larmes ;
Le poète chante ses vers.

Suspendant son chant mortuaire,
Le prêtre entonne au sanctuaire
Les *Te Deum* de sa prière ;
— Au lieu de soldats mutilés,
Nos vaisseaux, vainqueurs des orages,
Glorieux par d'autres naufrages,
Viennent verser sur nos rivages
De l'or, des lauriers et des blés.

L'Industrie, elle aussi s'apprête
A célébrer la double fête
Du Prince né, de la paix faite ;
Et, déployant son vaste essor,
Elle va, coupant les frontières,
Traiter tous les peuples en frères

Et jeter aux deux hémisphères
Ses rails de fer, ses temples d'or.

Et du grand cerveau de la France,
L'idée au vol de feu s'élance ;
Elle circule, lave immense,
Sur des artères de métal ;
Irrésistible souveraine,
Par le monde elle se promène ;
Fait de l'univers son domaine,
D'un wagon, son char triomphal.

III

— Prince, un grand avenir de vous date son ère,
Mais vainement l'esprit dompterait la matière ;
Vainement enivrée aux baisers de la Paix
La terre arracherait l'aiguillon de ses roses,
Et l'Industrie en vain, dans ses métamorphoses
Prendrait le monde entier pour sculpter son palais.

Qu'importe ! ce palais sera chétif et vide,
S'il ne devient un temple où Dieu même réside ;
O Prince de la Paix ! c'est votre mission :
Quand Dieu vous armera du sceptre de vos pères,
Tenez ferme, au-dessus de toutes les bannières,
Le labarum sacré de la Religion !

Et toi, maître des rois, toi qui prends et qui donnes
L'obole au mendiant, aux princes leurs couronnes,
Si tu fis pour son front l'impérial fardeau
En versant sur ce front l'eau sainte du baptême,
Verse aussi dans son cœur ce feu par qui l'on t'aime,
Le baptême d'Esprit avec la goutte d'eau.

Qu'il règne glorieux, mais de célestes gloires ;
Pacifique vainqueur, dans de saintes victoires ;
Triomphateur sacré, sur le mal triomphant :
Et puis, réserve-lui, près de toi, pour partage
Un trône, au prix duquel son splendide héritage
N'est qu'un brillant jouet que caresse un enfant !

5 avril 1856.

RECONNAISSANCE

POESIE ADRESSÉE A S. M. L'EMPEREUR

EN REMERCIEMENT DE LA MÉDAILLE D'OR DONT IL A DAIGNÉ HONORER

LA PIÈCE QUI PRÉCÈDE

I

2 décembre 1851

Le flot montait toujours ; on croyait le déluge ·
Les sommets les plus hauts n'étaient qu'un vain refuge ;
Le monde s'attendait à quelque écroulement
Immense.... quand *Quelqu'un* parut sur le rivage,
Venu Dieu seul sait d'où ; — puis, à ce flot sauvage,
    Il parla, — Dieu seul sait comment. —

Et le flot disparut comme un son s'évapore ;
On craignait le couchant : il apportait l'aurore ;

Un nouvel orient aux cieux étincela.
On disait de partout : « Il nous faudrait un homme !
Où le tiens-tu, Seigneur ? » — Il arrive, se nomme ·
On sut que c'était *Celui-là !*

II

Commencement de juin 1856.

Partout où le malheur l'appelle,
Rapide comme l'étincelle,
Cet homme est là. Nous étouffions
Sous l'humide étreinte du fleuve ;
Notre campagne, grande veuve,
,Pleurait sa parure en haillons ;

Nos cités, nouvelles Venises,
Gisaient là, par les eaux surprises,
Stupéfaites dans leur terreur,
Quand au glas du tocsin qui sonne
Un grand cri se mêle et résonne :
« Il est là ! — Qui donc ? — l'Empereur ! »

L'Empereur est là ! Sa venue
L'arc-en-ciel l'écrit sur la nue ;
Les plus grands maux sont oubliés
Par je ne sais quelle magie

Tous retrouvent leur énergie ,
Tous relèvent leurs fronts ployés.

De tous ses enfants il préfère
Les plus malheureux : il est père !
Il s'en va cherchant la douleur
Parmi la foule qui le presse ,
Apportant à chaque détresse
Son or , son exemple et son cœur.

— Le courant bat cette nacelle :
N'y montez-pas ; elle chancelle.
Sire ! la mort de toute part ! —
Il monte ! Imprudence sublime !
Nautonnier , affronte l'abîme.
Que crains-tu ? Tu portes César.

Il est là ! fuis, lâche égoïsme ,
Devant un si haut héroïsme ,
Quel cœur fermé ne s'ouvrirait ?
Quand, sur les flots dont il se joue ,
C'est l'Empereur qui se dévoue ,
Quel Français ne se dévoûrait ?

III

Tenez , c'est beau. Certes , j'admire
Autant qu'un autre vos exploits ;

Qu'on puisse refaire un empire
Avec sa gloire, avec ses lois :
Que l'on puisse d'un coup habile
Supprimer la guerre civile,
Dire *silence* à l'Océan,
Couper les anneaux de la trombe,
Comme un soldat mouche la bombe,
Fermer la gueule du volcan,

C'est très-bien. — Mais, Roi débonnaire,
S'en aller parmi nos cités,
Se désarmer de son tonnerre,
Ne s'armer que de ses bontés ·
N'être puissant que pour bien faire ;
Ne vouloir régner sur la terre
Que comme Dieu dans son séjour ;
Faire oublier tant de tempêtes,
Dédaigner ses autres conquêtes
Pour les conquêtes de l'amour !

IV

Oh ! cela, je fais plus que l'admirer, — je l'aime !
Sire, un Roi devant qui moi, devant qui, vous-même,
Empereur, nous ne sommes rien,
Du glaive dédaignant les terrestres victoires,

Ne voulut, Dieu du Ciel, ici-bas d'autres gloires
    Que celle de faire le bien.

Il a conquis le monde ! Et vous ce que vous faites
Pouvez-vous le savoir et compter vos conquêtes ?
    Savoir combien de cœurs rétifs ,
Baisant de vos bienfaits l'étincelante trace
S'enchaînent librement à votre char qui passe ,
    Orgueilleux d'être vos captifs !

— Sire , je vous ai vu ! — Vous alliez plein de joie
Comme l'on va toujours quand le Ciel vous envoie ,
    Bon et grand, simple et généreux.
Me trompé-je ? Empereur ! je crus ouïr dans l'ombre
Dieu vous dire. « C'est bien ! » Moi, chiffre obscur du nombre,
    Je vous voyais, j'étais heureux.

— Mais que m'avez-vous fait? c'en est trop pour moi, Sire!
Bonheur dont je suis fier, comme vous de l'empire,
    Qu'ai-je trouvé dans mon hameau ?
Mon nom frappé dans l'or tout à côté du vôtre ?
En croirai-je mes yeux ? Quoi ! nous voir l'un et l'autre
    Entourés du même rameau !

— Mon fils, tiens ! voilà, prends cet or et cette gloire.
Mon fils, ce morceau d'or ennoblit ma mémoire,
    Ce sera là mon Panthéon ;
Que mes neveux , tout fiers d'être de la famille,
Gardent avec orgueil ce monument où brille
    L'image d'un Napoléon !

— Oh! du moins! oh! du moins, si j'avais ton génie,
De ton sceptre magique, ô Dieu de l'harmonie,
    Si j'avais hérité!
Oui, j'inscrirais mon nom près de son nom auguste;
En pensant à Virgile, on nommerait Auguste,
    Ces frères d'immortalité!

Mais, moi, que vous offrir à vous, Monarque illustre?
Mon pauvre vers! — Il n'a, de lui-même sans lustre,
    D'éclat que par votre splendeur,
Et je voudrais, au moins, vous donner quelque chose.
Qu'ai-je, digne de vous, qu'à vos pieds je dépose?
    J'ai quelque chose: c'est mon cœur!

A défaut de génie, un cœur et sa prière!
Sire, vous donnez, vous, des titres pour la terre:
    Moi, je prie au pied de l'autel,
Et qui sait si, vaincu par le croyant qui prie,
Dieu ne permettra pas — sa grâce est infinie —
    Que vous portiez un sceptre au Ciel!

4 juillet 1856.

Nimes, imprimerie Baldy et Roger,
vis-à-vis l'entrée des Arènes.